꿈꾸듯 감사하고 소중한 하루하루

우리가 사랑하는
고양이의 계절

꿈꾸듯 감사하고 소중한 하루하루

우리가 사랑하는 고양이의 계절

펴낸날 초판 1쇄 2018년 4월 30일

지은이 강시안, 강인규
그림 강시안
사진 한은경

펴낸이 강진수
편집인 김은숙
디자인 강현미

인쇄 (주)우진코니티

펴낸곳 (주)북스고 | **출판등록** 제2017-000136호 2017년 11월 23일
주소 서울시 중구 퇴계로 253(충무로 5가) 삼오빌딩 705호
전화 (02) 6403-0042 | **팩스** (02) 6499-1053

ⓒ 강시안, 강인규 2018

ISBN 979-11-962927-3-7 03810

이 도서의 국립중앙도서관 출판예정도서목록(CIP)은 서지정보유통지원시스템 홈페이지(http://seoji.nl.go.kr)와
국가자료공동목록시스템(http://www.nl.go.kr/kolisnet)에서 이용하실 수 있습니다.(CIP제어번호: CIP2018012138)

책 출간을 원하시는 분은 이메일 booksgo@booksgo.co.kr로 간단한 개요와 취지, 연락처 등을 보내주세요.
Booksgo는 건강하고 행복한 삶을 위한 가치 있는 콘텐츠를 만듭니다.

꿈꾸듯 감사하고 소중한 하루하루

우리가 사랑하는
고양이의 계절

강시안 · 강인규 지음 | 강시안 그림 | 한인경 사진

Booksgo

작가의 말

백조로 자라날 줄 알았는데 미운 오리 어른이었습니다.

어릴 적 꿈은 세계정복이었습니다. 현실성이라곤 눈곱만치도 반영되지 않은 꿈이었죠. 그렇게 새싹은 자기가 무엇이 될지 모르는 대신 세상의 무엇이라도 될 수 있다고 믿었습니다. 그래서인지 제 여름은 누구보다도 뜨거웠던 것 같습니다. 고양이의 매력에 빠져서 고통 받는 고양이가 없는 세상을 만들려 노력했죠. 그리고 그것이 실현되리라 굳게 믿었습니다. 요즘의 저는 가을 문턱에 다다른 것 같습니다. 네, 다 크면 백조가 될 줄 알았는데 여전히 미운 오리 어른이네요. 아마도 뜨거웠던 여름에 얻은 화상과 피로감으로 조금은 지쳐있는지도 모르겠습니다.

내 안에 사랑이 없는 것 같지는 않은데 왜 그렇게 자신을 사랑하는 건 어려운 걸까요? 그렇게 나쁘게 산 것 같지는 않은데 왜 그렇게 나를 미워하는 사람은 많은 걸까요? 평생을 도망 다니며 살았는데 왜 외로움이란 녀석을 따돌릴 수 없을까요? 이런 질문들이 문득문득 떠오르는 것은 아마도 쓸쓸한 낙엽 때문일 겁니다. 그리고 저만 이런 생각을 하는 것도 아닐 거라고 웅얼거려 봅니다.

혼자라고 생각했지만 혼자가 아니었습니다.

다행인 것은 저에겐 길을 함께 할 좋은 반려가 있었습니다. 바로 이 책의 또 다른 저자인 강시안 작가님과 고양이들입니다. 고양이들은 사람보다 생의 주기가 짧습니다. 그래서 그들과 함께 하면 마치 타임머신을 탄 것처럼 십 수번의 생애를 경험할 수도 있죠.

그 경험은 고통스러울 때도 있지만 마법 같기도 합니다. 그 여정을 통해 본 풍경들을 여러분들과 함께 하려고 노력했습니다.

밤에 잠이 들면서 '오늘은 좋은 날이었어!'라며 미소 지으신 적이 있으신가요? 저는 그 날의 충격을 아직도 잊을 수가 없답니다. 그 미소에 비교하니 저는 마치 평생 한 번도 행복한 적이 없었던 것처럼 느껴질 정도였습니다. 게다가 만약 제가 그런 행복을 느낀다면 세상의 아름다운 단어들을 모두 모아다가 한 열 페이지쯤의 논문으로 표현했을 겁니다. 그러나 강시안 작가님의 글은 모두 솔직하고 담백합니다. 제가 가장 배우고 싶은 글이기도 합니다. 이 작가님이 가진 눈으로 세상을 본다면 어떨지 궁금하기도 하고 부럽기도 합니다.

당신은 어느 계절을 살고 있나요?

이 책에는 미숙함과 화려함이 들어 있습니다. 생기로움과 열정도 들어 있습니다. 회한과 피로감이 적혀 있고 고통과 절망이 들어 있습니다. 당신에게 가장 와 닿는 계절은 어느 계절인가요? 어느 계절이던 저희들과 함께 여행을 하고 계심에 감사드립니다.

팟캐스트를 진행하는 동료 트위님이 이런 말을 한 적이 있습니다. '자신의 성격은 달팽이 같다. 비록 조금만 힘을 줘도 부서져 버리는 유리 같은 집을 가졌고 손을 대면 바로 쏙 들어가는 소심한 더듬이를 가졌지만 그래도 궁금증을 못 이기고 곧바로 더듬이를 다시 세우는 달팽이 같다'는 말이었습니다. 예민해서 세상에서 가장 빠른 더듬이를 가졌고, 예민해서 세상에서 가장 느린 발을 가진 달팽이 친구들에게 이 책이 도달하기를 기원합니다. 소심한 달팽이 동무들끼리 느리게 느리게 걸어 보실래요?

만나고 싶었습니다. 감사합니다.

글을 세상에 내놓는다는 것은 언제나 설레고 두려운 일입니다. 그리고 달팽이 행진보다는 훨씬 모험적인 일이기도 합니다. 이러한 모험을 가능케 해 주시고 그 과정을 함께 해 주신 많은 분들께 감사의 말씀을 드립니다.

무엇보다 감사드리고 싶은 분들은 지금 이 글을 읽고 있는 독자 여러분입니다. 단 한 분께라도 인생에 있어 작은 위안이 되었으면 하는 바람을 가지고 인사드립니다. 만나고 싶었습니다. 감사합니다.

Contents

여름
SUMMER

가을
FALL

겨울
WINTER

다시, 봄
AND AGAIN

고양이 박물관

우리집은 고양이 박물관이에요.
왜 고양이 박물관인지 궁금하세요?
그럼 우리집에 놀러 오세요.

우리집에는 고양이가 아주 많아요.
아직 고양이들이 많이 안 보이죠?
우리집에는 겁이 많은 고양이들이 많아요.

더 많은 고양이들이 보고 싶다고요?
그럼 2층으로 와요.
이 파란색 문을 열어 봐요.

이 고양이는 마레라고 해요.
여섯 살이고요.
마레는 나만 보면 발라당 누워요.
그럼 나는 마레를 쓰다듬어요.

내가 제일 좋아하는 고양이에요.
마레는 모든 것이 다 예뻐요.
특히 앞발이 예뻐요.

이 고양이는 랑이예요.
랑이는 아직 어린이지만 곧 어른이 될 거예요.

랑이를 처음 봤을 때 깜짝 놀랐어요.
우리집에는 노란색 고양이가 없었거든요.
나는 랑이의 노란색이 좋아요.

그리고 랑이는 다리가 세 개예요.
특이하죠?
랑이는 세 발로 잘 서 있어요.

이 고양이는 치비예요.
치비는 열 네 살이에요.

아, 맞다.
우리집에는
나이 많은 고양이가 많아요.

치비는 항상 아무도 없는 곳에 있어요.
아무도 없는 곳에서
다른 고양이가 오면 싸워요.
혼자 있고 싶다고요.

비숍이는 세 살이에요.
비숍이는 체스 말의 이름이랑 비슷해요.
검은색 몸에 얼굴에는 흰색 무늬가 있어요.
턱시도 무늬라고 해요.
우리집 고양이 중에 얼굴이 제일 예뻐요.

이 고양이는 이비라고 해요.
파란색 눈을 가지고 있어요.
나는 그것만 보면 너무 예뻐요.
내가 좋아하는 색깔이 파란색이거든요.

그리고 이비는 옛날에 새끼 고양이 세 마리를 낳았어요.
새끼 고양이들이 웅크리고 있는 모습이 귀여웠어요.

이 고양이는 다니엘이라고 해요.
별명도 있어요. 알려줄까요?
바로 돼지예요.
뚱뚱해서 돼지라고 불러요.
웃기죠?

다니엘은 이비의 아기예요.
근데 엄마보다 더 커졌어요.
신기하죠?
다니엘은 남자예요.

고양이들에게 밥도 줘야하고,
똥도 치워야 하고,
토한 것도 닦아줘야 하고,
싸우는 것도 말려야 하고,
고양이들이 먹으면 안 되는 것도 치워야 하고...
그래서 엄마가 정말 힘들어요.

그래도 나는 우리집이
고양이 박물관이어서 좋아요.
귀여운 고양이들이 많아서요.
내가 돌아다닐 때마다 어느 곳이든 고양이들이 있어서
재미가 있어요.
고양이들을 보고 있으면 기분이 좋아져요.
고양이들도 나를 좋아하고 나도 우리 고양이들이 좋아요.

고양이들이 너무 많아서
다음에 또 소개해 줄게요.
그럼, 안녕.

봄

SPRING

봄은 고양이로소이다

봄은 고양이의 미소에 제일 먼저 내려 앉는다.
추운 겨울을 포근하게 감싸주던 이불 같은 하얀 눈이
사르르 녹아 고양이 입가에 동그란 꽃으로 피어났다.

겨우내 웅크리고 있던 파릇한 새싹들이
고양이의 기지개와 함께 졸린 눈을 비비운다.

봄은 고양이를 앞세워 온다.
이제 막 뜀박질을 배운
아기고양이들의 위풍당당한 다다다 소리는
봄을 부르는 나팔소리다.

봄은 고양이와 함께 온다.
문득 바라 본 창밖의 풍경에는
노란 햇살과 고양이 한 마리가 함께 뛰논다.

솜사탕

손에 닿으면 사르르 녹아 버릴 것 같은 달콤함처럼,
바람이 불면 파르르 달아나 버릴 것 같은 두려움처럼,
너의 작은 몸은 하늘을 날아오르는 폭신한 구름 같았다.

꽃비가 나리는 소풍날이면
손에 커다란 구름을 들고 다니는 친구들이 그렇게도 부러웠다.
하지만 엄마는 언제나처럼 상냥하고 단호한 눈빛으로
내게 말했다.

"안 돼!"
그럴 때면 괜스레 무안해져 고개를 들어 하늘을 본다.
그리고 하늘의 향기를 맡는다.
구름의 향기를 맡는다.

그렇게 십 수 번의 꽃비를 맞고,
그렇게 십 수 번의 구름의 향기만 맡으며 살아오다.

...

손에 닿으면 스르르 전해 오는 너의 따뜻함처럼,
눈에 넣으면 가만히 응시하는 신비로움처럼,
너는 그렇게 나의 사무친 인연이 되었다.

매화

아직 어른도 되지 못한 내게
너는 엄마라는 이름을 내려 주었어.

차마 아무것도 가지지 못한
초라한 방안에
너라는 이름의 꽃이 화사하게 핀 날부터.

너무 가지고 싶었지만
내가 잘 할 수 있을까, 잘못되면 어떡하나,
망설였던 날들도 많았지만

너를 보게 된 그 날,
내 마음은 의심할 겨를도 없이
너에게 달려가게 되었단다.

너에 대해
어른이 되는 것에 대해
아니 사실 나 자신에 대해서도
아는 것보다 모르는 것이 더 많은 나이지만,

너를 만나려는 내 마음은 너무도 부산스러워,
겨울이 채 가기도 전에 내 마음이 먼저 피어 버렸어.

아직 어른도 되지 못한 내게
너는 엄마라는 이름을 내려 주었어.

사랑의 편지를 써 봅니다

사랑의 편지를 써 봅니다.
받을 사람은 누군지 모릅니다.
누군가 마음에 담고 있지도 않습니다.
다만 내 행운에게
글귀를 적어 보냅니다.

누군지는 정해지지 않았지만
내 사랑하는 마음만큼은
진실함을 믿고 있습니다.
내 평생 누군가를 기다려 왔음을
난 잘 알고 있기 때문입니다.
누군가를 향하여 뻗는 이 손길이
절대 헛되지 않을 것임을
믿기 때문입니다.

내 사랑의 편지가
쌓이고 쌓여
저 나무 꼭대기
바람이 쉬어가는 곳에 다다르면
친절한 바람이
나의 인연을 향해
불어 줄 것을 기원합니다.

- 어느 랜선 집사의 고백 -

아기고양이가 나에게

아기고양이가 나에게 온다.
아직 눈도 채 뜨지 못한 아기고양이가
나의 별거 없는 내음을 이정표 삼아
아등바등 한 걸음씩 떼어 놓는다.
'혼자 걷는 연습을 시켜야 해'라고 굳게 먹은 약속은
한 번 비틀거리는 모습에 여지없이 무너지고
한 번에 내달려 번쩍 안아 들었다.

아기고양이는 욕심쟁이다.
내 손의 온기에도 만족을 못하고 열심히 낑낑댄다.
내 손이 다시없는 감옥인 마냥 작은 발톱으로 열심히 밀어 댄다.
무엇이 모자란 게냐, 무엇을 바라는 게냐?
스스로 탈옥한 아기고양이는 내 얼굴을 향해 힘겨운 등반을 계속한다.

가까스로 목에 도착한 아기고양이들은 목에서 나오는 엄마의 울림에
둘이 서로 몸을 기대어 작은 심장을 만들었다.
그 심장은 사람의 그것보다 뜨겁다.
아기고양이들은 그제야 마음을 쉬이고,
엄마의 목소리를 자장 삼아 잠이 들었다.

둘이 서로 몸을 기대어 작은 심장을 만들었다.
그 심장은 사람의 그것보다 뜨겁다.

나비잠

아기는 잘 때도 쉬지 않는다.
두 팔을 하늘로 쭉 뻗고
자신의 길이를 늘이는 데
여념이 없다.

토닥토닥
딴에는 재워보겠다고
아빠 흉내를 내어보면
나비는 날개를 화들짝 접고
동그란 눈으로 나를 응시한다.

소곤소곤
'내가 미안하구나' 사과를 하면
사과를 받아들인 표시로
내 손을 콱 깨물어 버린다.

도담도담
괘씸한 녀석 놀자고 손씨름을 하면
아기고양이는 다시 날개를 펴고
나비잠에 빠져든다.

아기고양이는 다시 날개를 펴고
나비잠에 빠져든다.

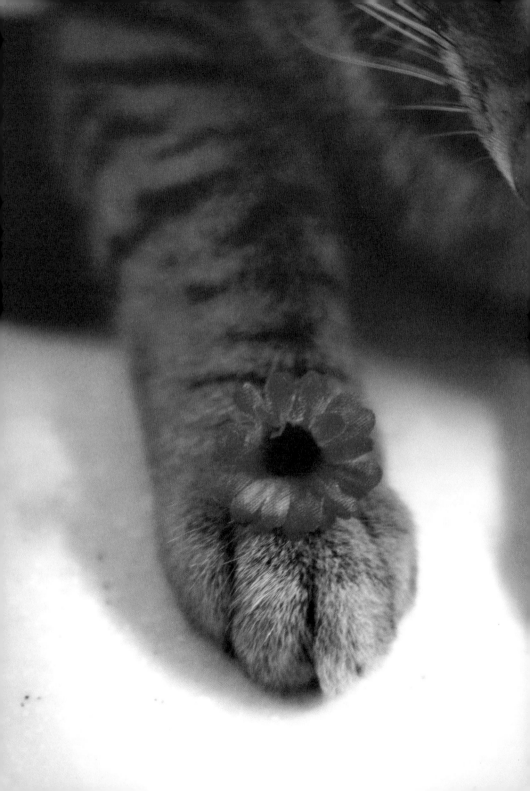

꽃반지

봄의 설렘은
자연이나 사람이나
매한가지다.

아지랑이
춤을 추면
사람 마음은
산으로 들판으로

봄을 뒤따르던
고양이 한 마리
손 위엔 어여쁜
꽃이 하나 폈다.

꼭 고양이가 아니어도 돼요

안녕하세요?
혹시 제 엄마가 되어 주실 수 있나요?
꼭 고양이가 아니어도 돼요.
저도 아직 고양이가 되는 법을 다 배우지도 못한 걸요.

그렇게만 된다면
저는 사람이 되는 법을 배우고
엄마는 고양이가 되는 법을 배우면 돼요.
언젠가 사람과 고양이의 길
그 중간에서 만나게 되겠죠.

지금의 만남이 완벽하지 않아도 돼요.
언젠가 우리는 두 번째 만남을 하게 될 테니까요.
우리가 다시 만나는 날
그 날 가족으로 다시 태어나면 돼요.

지금은 엄마가 아니어도 좋아요.
엄마인 척만 해 주어도 좋아요.
그저 내 곁에 있어 주기만 하면 돼요.

저도 한 가지만 약속할게요.
제 평생 엄마 곁에 있겠어요.
제 평생 엄마만을 생각할게요.

우리가 다시 만나는 날
그 날 가족으로 다시 태어나면 돼요.

젖 먹이기

부족한 내가 부모가 되어 본다.
남자인 내가 젖어매가 되어 본다.
분유의 온도는 열 번은 재어 보았고
주의사항은 백 번은 본 것 같다.

먹어주지 않으면 어쩌나,
먹이다가 실수하면 어쩌나,
두근거리는 마음을 안고
처음으로 젖을 먹여본다,

못 마땅한지 한참을
고개는 도리도리
없는 이빨로 질겅질겅
씹기를 백 여 년

이 고무가 네 어미
젖무덤과 같겠냐마는
우악스런 내 손에서
네 어미 내음이 나겠냐마는
먹어야 사는 거다.
너 뿐 아니라 나도 사는 거다.

내 기도를 들었는지
예쁜 입 정중앙에
동그란 모양을 만들어
쭉쭉 마신다.

꼴깍꼴깍 소리에
옳지 옳지 장단 맞추며
아기고양이는
채 덜 떠진 눈을
나에게 맞추며

눈으로 전하는 그 마음
당신은 누구세요?
당신은 나의 엄마인가요?
당신이 저에게 젖을 주시는군요.

동그랗고 통통한 배가 그렇게도 뿌듯했고
작게 꺽 소리를 내는 트림이 그렇게도 안심됐다.
그렇게 우리는 그날 서로를 살리었다.

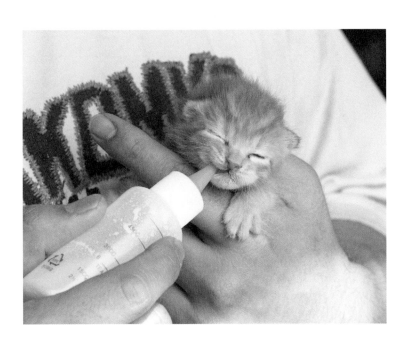

동그랗고 통통한 배가 그렇게도 뿌듯했고
작게 꺽 소리를 내는 트림이 그렇게도 안심됐다.
그렇게 우리는 그날 서로를 살리었다.

고양이학교

이곳은 고양이학교
아기고양이들은 모두 와야 해요.
열심히 공부하지 않으면 못 배운 고양이가 돼요.

바른 생활시간에는
제일 먼저 모래를 파는 법
화장실을 사용하는 법을 배울 거예요.
무용시간에는
발톱을 넣고 걷는 법을 연습하고요.
체육시간에는
뒷발로 상대방 얼굴을 차는 법을 배울 거예요.

고양이학교에서는
모두 뛰어다녀야 해요.
걸어 다니면 반성문을 써야 해요.
2학년이 되면 점프해서 다녀야 하니까.
뛰는 것부터 열심히 해야 해요.

부지런한 아기고양이는
부모님을 모셔 와야 해요.
아기고양이는 하루에 16시간은 자야 해요.
수업시간에 졸거나
복도에서 뛰다가 졸면
칭찬을 받을 거예요.

아기고양이들은 모두 건강해야 해요.
학교에서 또래고양이들과 싸움을 하면
상을 받을 거예요.
이곳은 고양이학교니까요.

200그램의 세상

너를 두 손에 받쳐 안았을 때
그 작은 무게에서
난 세상을 보았어.

손으로 전해 오는 따스함과
움직일 때마다 전해 오는 떨림에
내 가슴도 같이 철렁하곤 했지.

엄마는 매일
너 같은 자식을 낳아봐야 애미 맘을 알지
라고 하셨었는데.
너 같은 아이라면
열이라도 낳을 것 같다는
묘한 반항심도 들더라.

너를 받쳐 안은 순간
200그램의 작은 세상에
맹세를 하고 있는 나를 발견하게 되었어.

안녕하세요 강아지입니다

마법의 방에 오신 것을 환영합니다.
저는 태어날 때부터 이곳에 있었어요.
옆 친구들이 보이긴 하지만
만날 수 없는 곳이죠.
당신은 나를 데려가려 오신 분인가요?
예전에 옆방에 있던 요키 형이 그랬어요.
이 저주 마법을 깨고 나를 데려가 주시는
운명의 분이 꼭 나타날 거라고!
요키 형은 그렇게 운명의 분을 만나서 나갔죠.
저는 그 말을 들은 날부터
당신을 만나길 계속 꿈꿔왔어요.
저는 쉬야도 응가도 꼭 배변패드에 하구요.
혀를 날름거리면 물이 나오는
수도꼭지 쓰는 법도 배웠어요.
맘마도 정말 조금씩만 먹고요.
그래서 금방 크지 않고
오래오래 아가처럼 보일 수 있답니다.
저는 당신이 꿈꾸던 완벽한 아이랍니다.
제발 저의 이 저주 마법을 깨 주실 수는 없나요?
아, 제가 흥분해서 제 인사가 늦었네요.

안녕하세요 강아지입니다, 냐옹

고양이에게 이름을 지어주다

고양이에게 이름을 지어주었다.

이름을 지어 주는 일은 숭고한 작업이다.
마치 이름이라는 주술로 인생의 방향을 정하는 느낌이 든다.
그래서 이름을 짓는 일에 며칠 혹은 몇 달을 보내기도 한다.
내 주술이 영험하겠냐마는
내 고민은 사랑의 반증이다.

깊은 고민은 결국 단순한 결과를 만든다.
아름다운 것의 이름을 빌어 단비라 이름 지었다.
그리고 내 가족임을 증명하고자 나의 성을 붙인다.

그 이름을 부르면 내 입 안에서 단맛이 느껴진다.
그 향내를 맛보고 있으면 단비가 내게로 온다.
성까지 함께 부르면 뿌듯함까지 더해진다.
가족이라는 의미가 새삼스레 좋다.

초등학생 시절
내 학용품이며 내 책상, 사물함까지
이름표를 붙이던 기억이 났다.

고양이가 쓰는 사료며 간식이며
심지어 모래까지 이름표를 달아준다.
이것은 사람이 하는 영역 표시이며
내 사랑과 장난끼의 남김이다.

여름

SUMMER

여름 볕이 늘어진다

여름 볕이 후룩후룩 잔디를 흔들고 있다.
열기에 못 이겨 잔디는 갈매빛으로 타들어 가는 듯싶다.
그러고 싶어서 그러는 게 아니라 힘이 없어 고정된 시선에
노란 아기고양이 한 마리가 허락도 없이 뛰어 들어온다.
나가라, 나가라, 시선 돌릴 힘도 없으니
내 시선에서 나가라.
내 말을 들은 듯 항아리 뒤로 숨었던 고양이는
다시 불쑥 얼굴을 내밀어 나를 희롱한다.
뭐가 그리 즐거운지 동무 하나까지 합류하여
같이 뜨거운 대지를 뛰어 다닌다.
아니, 발바닥이 뜨거워서 뛰어 다니는 겐가?
여름 볕이 산 너머로 늘어질 때까지
아기고양이는 지치지도 않고 잘도 뛰어 논다.
네 녀석들 참 힘도 좋구나.
부럽다.

고양이잠

아스팔트 위에서 아이스크림이 녹듯이
고양이가 평상 위에 녹아 있다.
형태도 남지 않은 걸 보니
고양이는 액체임에 틀림없다.

질끈 감은 눈은
십 년쯤 감고 있으려는 의지가 보인다.
나도 저 사이에 들어가
고양이처럼
십 년의 휴식을 취하고 싶다.

사랑의 열매는 아직 맺히지 않았음을

한 여름 무언가의 과일나무 앞에서
한 여인이 흐느끼고 있었다.
여인이 말하길

사랑의 열매는 사랑을 먹고 크는 줄 알았습니다.
마음의 열정은 사랑으로 불타오르리라 믿었습니다.
내 어리석음을 먹고 자란
내 사랑의 나무는 아직 열매 맺지 못하였습니다.
부족함을 탓하기 전에 불안의 싹이 텄습니다.
내 과수는 열매를 맺기는 할까요?

이를 듣고 있던 자청비는
흔쾌히 웃으며 말했다.

우선 불안해하지 마렴.
불안의 싹은 그림자를 드리워
열매가 날 자리를 검게 태워 버리고 마니
사랑의 열매는 눈물과 땀과 피를 머금고 자라남에
네가 흘린 것은 오직 눈물 뿐 아직 둘이 부족하구나.

여인은 자청비에 감사하고
나무에 대하여 공부하며 땀을 흘리고
주변의 피를 뽑다 베어 피를 흘렸다.
그래도 열매는 맺지 않아
다시 눈물로 자청비를 찾았다.

자청비는 더욱 크게 웃으며 말했다.

네 눈물과 땀과 피는 다 모였으나
그것만으론 부족하단다.
사람이 아닌 오직 자연만이 줄 수 있는
그 무엇이 더해져야 하지
그것은 바로 시간이란다.
아무리 애가 탄다한들
지금은 여름이니
가을까지 기다리렴.

- 어느 랜선 집사의 성급함 -

서투른 손짓

아코아코
발톱에 눈을 다칠라.
바라보는 마음은 두근두근
그래도 아랑곳하지 않고 바동바동
먹고, 자는 시간만 빼곤 저리도 놀아대네.

어이구어이구
이빨도 없는 주제에
입을 한껏 벌리고 아앙아앙
마치 사자라도 된 듯 으쓱으쓱
되도 않는 입질로 형제의 얼굴을 물어대네.

아야아야
지금껏 싸워대던 녀석들
내 손을 향해 동시에 깨물깨물
아직 다 떠지지도 않은 눈을 부릅부릅
서투른 손짓 발짓으로 사냥감을 잡으려네.

모래 덮기

응가를 누고, 오줌을 누고
모래는 잘 덮어야 해.
냄새가 하나도 나지 않게 해야 해.

엄마가 그랬어.
부끄러워서 덮는 게 아니라고.
미워서 덮는 게 아니라고.
단지 저것들은 내가 아니니까 덮는 거라고.

냄새 나고 더러운 것들은
그저 과거를 살았던 증거들이래.
내가 아니고.

그것들을 내 몸에서 떼어내고.
하루하루 새롭게
더 멋진 나로 거듭나는 거라고.

그러니까
잘 누고 잘 싸면
그리고 잘 덮으면
칭찬을 받아야 해.

잘 했어.
시원하게 잘 했어.
오늘도 세상에서 가장 멋진 나로
다시 태어났어.

냄새 나고 더러운 것들은
그저 과거를 살았던 증거들이래.
내가 아니고.

날으는 님부스, 지키는 셜록

나는 빛보다 빠르다.
어둠보다 은밀하다.

나는 해리포터 보다 빠르게 난다.
그 어떤 셜록도 나를 잡을 수는 없다.

내가 열지 못할 문은 없고,
닿지 못할 하늘은 없다.

어떠한 어려움이 있더라도
난 화장대에 잠입할 것이고

반짝이는 승리의 표식들을
바닥에 떨굴 것이다.

하얀 유혹의 타래를
갈기갈기 찢어 줄 테다.

만약 엄마에게 들킨다면,
짐짓 잠자는 체하다.
당당히 다른 녀석을 범인으로
지목할 테다!

검은 침입자

거실은 낮을 지키는 기지
난 오늘도 그곳에서 보초를 선다.
보초의 본연의 임무는 졸기
꾸벅꾸벅
내 임무에 최선을 다해본다.

갑자기 훅하니 보초 앞을 지나가는 그림자
누구!
보초의 책무를 벗어나게 한 자
온통 검은 위장복을 입은 침입자
눈에 띄지 않으려
크기도 손바닥을 겨우 넘는
작은 신사

은밀함이 들통한 침입자는
대놓고 공격을 해댄다.
기지를 지키는 일엔 열정이 없는 보초는
하릴없이 그저 물리고 당할 수밖에

검은 침입자는 거칠 것 없이
내 다리를 타고 달리고
손을 물어 물리치고
배를 기어올라
결국 내 심장을 차지해 버렸다.

온통 검은 위장복을 입은 침입자
눈에 띄지 않으려
크기도 손바닥을 겨우 넘는
작은 신사

집시의 고양이

롬의 깃발 아래
사람과 고양이가 어울리었다.
모닥불을 사이에 두고
서로의 춤을 뽐내기 여념 없다.

한쪽에는 훔친 금화와 생선 따위를 버려두고
몸에는 넝마를 이어 만든 만국기를 두르고
축제를 벌인다.

술잔과 바이올린이 서로 부딪치며
건배를 외치는 소리는
어둠을 간질이는 불꽃보다
널리 퍼진다.

고양이는 이집트의 언어로
집시는 로마의 언어로
자신들만의 자유를 노래 부른다.

속박에서 가장 먼 족속 둘이
가장 보잘 것 없는 축제를 벌이며
새벽을 제일 먼저 반긴다.

고양이 무도회

하이얀 종이 위에 비둘기의 깃털로
초대장을 적어 보아요.
오늘은 고양이 무도회가 열리는 날
모두모두 오세요.

턱시도를 차려 입고
넥카라를 올려붙이고
모자는 살짝 기울여 쓰는 게
멋쟁이라지요.

인생에 다시없을 오늘
한여름 밤의 무도회는
언제나 가슴 떨리지요.

비록 모여서 아무것도 안 할 거지만
그루밍으로 꽃단장하고
멋지게 빼어 입고
다 같이 모여 신나게
아무것도 하지 말아 보아요.

인생에 다시없을 오늘
한여름 밤의 무도회는 언제나 가슴 떨리지요.

오늘은 좋은 날이었어

별로 다를 것 없는 주말 하루였다.
조금 늦잠을 자니
고양이들이 가슴팍으로 올라와 자리를 잡고
작은 고양이는 아들의 머리카락을 툭툭 치며 놀았다.

아들은 하루 종일 고양이들과 뛰놀며
고양이들의 대장 노릇을 했다.
햇살이 뜨거워지고
고양이들은 당연한 듯 낮잠을 잤다.

볕이 뉘엿뉘엿 해지자
고양이들은 기지개로
이제 좀 돌아다닐 만한 온도가 되었음을 알렸다.
고양이들에게는 좋아하는 간식캔 하나씩이 돌았고
아들에게는 그렇게도 좋아하는 치킨 한 마리가 놓였다.

주중에는 많이 가지지 못했던
아들과의 대화를 한 시간이나 가졌다.
내용은 게임과 고양이 이야기가 대부분이었다.

별로 이룬 것도 없는 하루였다.
아들은 잠자리에 누워 씩 웃으며
"오늘은 좋은 날이었어!"라고
만족스러워 하며 잠을 청했다.

내 머릿속에서는 백 년도 넘게 사라졌던 말을
입으로 되뇌어 본다.
'오늘은 좋은 날이었어...'

고양이는 아들 옆에 자리를 잡고 자고 있다.

가을

FALL

내 늙은 고양이에게

네 얼굴을 보면
아직도 아기 때의 모습이 떠오르는데
참으로 오래도 같이 있었구나.

너무 풍성해 날리던 털을 원망도 했었는데
이제는 살이 드러난 곳에 털이 다시 자라지도 않고
너무 뛰어 놀아 나에게 생채기를 내어 싫었는데
잠만 자려들고 뛰려고도 들지 않고
너무 먹는 게 아닌가, 살이 너무 찐게 아닌가 했는데
이제는 숟가락을 들고 따라다녀야 몇 술 더 먹고
하루하루 너에게서 우리가 멀어질 날들의 순간이 보여
나는 네 얼굴을 보기가 두렵다.

그래도 먼저 내 품에 파고들어
우리가 함께 있음을 여전히 즐기는 너이기에
오늘 하루도 함께 있었음에 감사드린다.
친숙함은 죄인지 너에게 소홀했던 날들만 떠올라 죄스럽고
내 마음의 소용돌이에 너까지 휘말리게 했던 일들로 부끄럽다.
그럼에도 여전히 같은 얼굴로 나를 대해주는 너를 보며
지난 세월에 고개 숙인다.

얼굴만 보자면 내가 더 늙었건만
어린 시절과 같은 얼굴로 생기를 잃어가는 너
덕분에 신을 원망했다.
또 함께 한 시간을 허락한 것에 감사했다.
마음의 파도가 내 심장을 허물어 버린다.

내 마음은 아직 준비가 되어 있지 않은데
한 백 년만 더 주면 준비가 될 듯도 싶은데
말릴 수 없는 시간은
무심히도 나에게 성큼성큼 다가오고 있구나.

지나 온 시간동안
왜 매일 사랑한다고 말하지 못했을까?
남은 시간이 보이고서야
왜 사랑한다는 말이 이렇게 사무칠까?

내 사랑하는 가족
내 늙은 고양이야.
네 지혜가 나에게 닿아
시간이 소중하고, 가족이 소중하고
우리가 소중함을 알게 되었다.
무엇보다 함께 해 주어서 너무 고마워.

내 사랑하는 가족
무엇보다 함께 해 주어서 너무 고마워.

내 바라건대

약이랑은 주지 마오.
이미 돌아오지 못 할 길이라면
잠시라도 몸의 어리광을 들어 주오.
슬픈 얼굴일랑 하지 마오.
기억의 마지막 장들을 어둠으로 채우지 말아 주오.
눈물일랑 흘리지 마오.
내 마지막 숨결까지 살아있음에
나를 미리 보내지 마오.

히터를 틀어 주오.
내 빠져나가는 온기 대신 해 주오.
그릇에 물을 채워 주오.
메마른 입술 적실 수 있게 해 주오.
가족을 불러 주오.
사랑하는 이들의 모습 더 담을 수 있게 해 주오.
이름을 불러 주오.
내가 세상에 있었음을 당신의 입술로 말해 주오.
몸을 쓰다듬어 주오.
내 가벼운 영혼 이 몸에 조금만 더 머물게 잡아 주오.

가을잠

낙엽 타는 냄새는,
개 짖는 컹컹 소리는,
눈부신 붉은 노을은,
멀리서 오는 아비의 웃음소리는,
무심히 창밖을 응시하는 엄마의 무릎은,

언덕의 중턱을 넘어
내리막을 달리는 노곤함은,
내 마음과는 다르게
같이 놀자는 동생 녀석들의 치근거림은,
너무 행복한 나날이었어.

문득 생각난 가족과의 지난날들은,
잠을 부른다.
가을은 잠자기 참 좋은 계절이다.

병상에서의 기도

어느 병원 침대 머리맡에서
한 남자가 기도를 하고 있다.
거의 울듯한 모습으로
그 남자는 애걸복걸하는 자세로
자신의 죄를 고백하고 있다.
병을 낫게만 해주면
더 나은 사람으로 살겠다고
다른 사람을 돕는 사람이 되겠다고
구걸을 한다.

마치 자신이 지은 죄로
아픈 이가 대신 형벌을 받고 있다고 생각하는 모양이다.
그러나 질병은 형벌이 아니고
누군가의 죄를 대신하는 것은 더더욱 아니다.

그래도 그 남자는
자신이 번제의 제물이 되고자
빌고 또 빈다.
신이 대답하기를 빈다.
신이 없어도
신이 있기를 기도한다.

이미 눈이 멀어 버린 남자에게
신이 나타난다 한들
알아볼 눈이 있으랴.

대답 없는 하늘에
남자는 원망과 절망을 섞어
마지막 기도를 한다.

아픈 이의 고통을 옮겨
자신이 대신 겪게 해달라고
다시 빌고 또 빈다.

어리석은 남자의 기도는
또 그렇게 밤을 지새울 모양이다.

아픈 이의 고통을 옮겨
자신이 대신 겪게 해달라고
다시 빌고 또 빈다.

사랑에 자격이 있을는지

사랑은 그저 놀이에 불과하고
달콤하기만 한 것으로 알고 살았던 내가
이제 처음으로 그 사랑을 지켜야 합니다.
깨닫지도 못했지만 돌이켜 보면
평생 누군가에게 보호를 받으며 살아왔습니다.
그래서 누군가를 지킨다는 것이
참 낯설고 두렵습니다.

아이를 잃을까 두려웠습니다.
노력해도 아이를 지키지 못할까 두려웠습니다.
내 지혜가 모자라거나 내 선택이 틀릴까 두려웠습니다.
내가 무력한 존재라는 사실이 숨통을 조여 왔습니다.

내게 사랑할 자격이 있는지
끊임없이 내 자신을 닦달해 봅니다.
아픈 건 아이인데 내 고통에 눈이 더 가는
나 자신이 부끄럽습니다.
이렇게 아이의 고통과 내 고통의 저울을
평행으로 맞추려는 듯
또 돌 하나를 내 고통의 저울에 올려둡니다.

- 어느 랜선 집사의 고통 -

집으로 돌아가는 길

병원을 나서는 순간부터 아무런 말을 할 수가 없다.
안아 들은 아이의 무게가 너무 가벼워
가슴이 덜컹한다.

내일 다른 병원을 가보는 거야.
그러자.
그럴 리 없는 거야.
그렇지?
조금 시간이 지나고선 혼잣말로 대화를 나눈다.
그렇게라도 하지 않으면
아이에게 내 불안한 마음이 들킬 것만 같다.

고생했어. 많이 놀랐지?
오히려 밝은 목소리로 아이를 쓰다듬는다.
괜찮대, 아무것도 아니래.
거짓말을 한다.
눈물이 새어나오면 안 된다.
들키면 안 된다.
입을 꾹 다물어 어색한 웃음도 지어본다.

인터넷을 켜고 온갖 정보를 찾아본다.
영어를 좀 더 열심히 공부할걸.
20여 년 전쯤을 후회도 해 본다.
머리를 차갑게 하고 방법을 찾을수록
아이의 몸보다 내 손이 더 차갑다.

그런 선고를 받는 날
집으로 돌아오는 길은
천 길 보다 더 길다.
아니 천 길, 만 길 길어져서
영원히 시간이 멈췄으면 한다.

집으로 돌아가는 내내
나는 고통을 받았고
아이는 집으로 돌아간다는 생각에
마음이 점점 편해지고 있었다.

스노트의 시계

모든 살아 있는 것들은 자기만의 시계를 가져
네 시계의 속도는 어때?

셜록의 시계는 자동차만큼 빨라서
여기저기를 빛의 속도로 이동하지 않고서는 그 열기를 참지 못하고
칼리의 시계는 우리가 아는 보통의 그것이라
우아하게 움직이고, 가끔은 멈춰서 주변을 둘러보는 여유까지 갖추었어.
님부스의 시계는 그보다 좀 느려서
웅크리고, 눈치도 좀 보고, 새로운 것이 있으면
깜짝 놀라 한참을 가만히 있기도 해.

스노트의 시계는 세상에서 가장 느려
마음은 한참 전에 열려서
셜록이와 칼리와 님부스와 놀고 싶지만
그 마음이 형제들에게 도달하기까지
한참의 시간이 걸렸어.
셜록이가 당당히 산책을 나가는 모습을
보면서 같이 나가고 싶은 마음은 굴뚝같았지만
함께 집 밖으로 첫 발을 내딛기까지
또 그렇게 긴 시간이 걸렸어.

뭐야? 느린 시계는 불편하기만 하잖아?
아니야! 절대 그렇지 않아!

스노트가 쓰다듬을 받을 때
그 행복은 영원처럼 느껴져.
가족 곁에서 잠을 잘 때
포근함은 평생 받은 것보다
더 길게 느껴지고
형제들이 스노트에게 장난을 걸어올 때
친근함은 마치 태어날 때부터 함께였던 것처럼
오랜 시간으로 느껴지지.

그렇게 스노트의 시계는
순간을 영원으로 살게 해주는 마법의 시계야.

절대적인 시간이 중요한 게 아니야.
네 안에 있는 시계가 네가 느끼는 전부이니까.
네 시계의 속도는 어때?

절대적인 시간이 중요한 게 아니야.
네 안에 있는 시계가 네가 느끼는 전부이니까.
네 시계의 속도는 어때?

꿈나라 여행

잠이 들면 난 먼 나라로 여행을 떠납니다.
그곳에서 나는 아주 작은 고양이입니다.
여전히 내 곁에는 나를 사랑해 주는 손길이 있고
익숙한 내음이 머뭅니다.

쓰다듬는 손에 어쩔 줄 몰라 하는 것은
어린 고양이의 특권이었나 봅니다.
새삼스레 느끼는 행복에
나는 그만 엄마의 손을 꽉 물었습니다.
그래도 그 손은 화낼 줄을 모릅니다.

한참을 그렇게 익숙한 내음과 따뜻한 감촉과
씨름을 합니다.
그래도 그 손은 멈출 줄을 모릅니다.

내가 행복에 지친 것인지
내 마음이 만족한 것인지
이제는 더 놀 힘조차 없습니다.

눈이 스르르 감겨 옵니다.
다시 잠이 옵니다
꿈속에서 꿈을 꿉니다.
이제 나는 늙은 고양이입니다

고된 여행을 다녀 온 탓인지,
내가 아직 꿈속에 있는 탓인지
잠을 쫓을 수가 없습니다.

엄마에게 들리길 바라며
나지막이 잠꼬대를 해 봅니다.

행복합니다. 행복했습니다.
사랑했습니다. 사랑합니다.

행복합니다. 행복했습니다.
사랑했습니다. 사랑합니다.

그래도 배는 고파 오더라

있잖아.
처음에는 나아만 진다면
내 몸쯤은 망가져도 좋다고 생각했었다?

딱 삼일이었어.
그런데 딱 삼일 째 밤을 새는 날
너무 졸린 거야.
그리고 모든 게 너무 싫은 거야.

저렇게 아파서 누워 있는데
아무것도 못 먹어
생명이 조금씩
날숨으로 새는 게 보이는데,

근데 말이야.
그래도 내 배는 고파 오더라.
나도 그저 동물이더라.
그런 내가 그렇게 싫을 수가 없더라.

삼 일 만에
처음 병실을 나와서
밥을 기다리는데
그 순간 깜빡 졸아 버린 거야.
내 이름도 아니고
미역국 시키신 분하고 부르는 데
마치 큰 죄를 지은 마냥 너무 놀라서 깬 거야.

있잖아.
미역국에 밥을 말아서
한 입 급하게 쑤셔 넣는데
그렇게 눈물이 흐를 수가 없더라.

고양이처럼 살아가고 고양이처럼 사랑하는 법을
알려주러 왔지.

고양이 3255호

내 이름은 고양이 3255호.
고양이별에서 지구로 내려온 3255번째 특수임무 고양이지.
사람은 너무 외로워서, 나약해서
고양이처럼 살아가고 고양이처럼 사랑하는 법을
알려주러 왔지.

내 이름은 고양이 3255호.
고양이별에서 지구로 3255했지.
사랑하는 지구의 가족과 행복한 3255일을 지냈지.
가족들은 함께 지낼 5683일을 꿈꾸지.

5683일이 되기 전에 이곳에서의 임무는 끝이 났지.
그러니 이제 4687일이 되면 고양이별로 돌아가야 하지.
내 이름은 고양이 3255호.

나는 스스로를 불쌍히 여기지 않는다

나는 몸을 핥아 단장을 할 때
두 눈을 꼭 감는다.
비록 그 핥는 것이 상처라 할지라도
그것을 바라보지 않는다.

모진 돌팔매에 내 다리가 부러져도
난 내 발을 불쌍히 여기지 않는다.
그들은 나와 함께 벌판을 누비고
하늘을 함께 난 동지다.

불구덩이를 뚫고 나오다 내 수염이 다 타버려도
난 내 수염을 아쉬워하지 않는다.
칠흑같이 어두운 수도 없는 밤들을
그들은 나의 길잡이였다.

모래바람에 닳고 닳아 내 눈이 은하수가 되어도
난 내 눈을 그리워하지 않는다.
내 마음은 이미 왕국을 다 탐험하여
눈이 없이도 돌아다닐 자신이 있다.

그러나 그 모든 것이 없어지고 내 생명마저 꺼져가도
나는 스스로를 불쌍히 여기지 않는다.
나는 내 마지막 날까지 싸우고, 즐기고, 사랑하는 자랑스러운 존재다.
나는 고양이다.

숯덩이 장례식

가을걷이도 끝난 휑한 논에
높다란 굴뚝이 섰다.
그 굴뚝을 받치고 선 것은
후 하고 불면 몽땅 스러질 것만 같은
왕겨더미 뿐이다.

산처럼 쌓인 왕겨더미에
화롯불에서 방금 꺼내온
작은 숯덩이 하나
고이 장사지낸다.

스멀스멀 연기가
무덤을 뚫고 나오자
제법 예절을 아는 고양이들이
너도나도 문상을 왔다.

윗동네 사는 노랭이요.
아랫동네 사는 고등어요.
방앗간 흰둥이요.
통성명도 끝낸 문상객들은
묘지에 머리를 조아리며
예법을 펼치고 있다.

상례의 끝은
숯의 무덤이 너무 뜨거워져
문상객의 수염을 태우기 직전에 끝이 난다.
문상객을 염려한 상주는
무덤에 물을 허위허위 뿌려준다.

그렇게 가을들녘
하나의 숯을 태워
온 동네 고양이들은 온기를 채웠고
그제야 겨울도 걸음을 재촉했다.

온 동네 고양이들은 온기를 채웠고
그제야 겨울도 걸음을 재촉했다.

겨울

WINTER

방기(放棄)

나도 언젠가는, 누군가의 금지옥엽이었습니다.
날아갈까 보듬어 주고, 부서질까 안아주던 손길이 있었습니다.
따뜻한 식사는 발에 차이는 모래만큼이나 당연한 일이었고,
환한 집 안은 나의 털결을 빛내기 위한 소품에 불과했습니다.

칼처럼 차가운 날들이 다가 옵니다.
당신은 언젠가 이 모든 사랑을 베풀어 주던 날처럼
뜻도 모를 말들로 사랑을 거두어들입니다.
그것이 또 다른 사랑이라고 말하는군요.

비닐이 섞인 쓰레기를 씹으며
난
오늘도, 내일도 살아갈 겁니다.
모래와 구더기가 엉킨 털을 다듬으며
초연하게 살 겁니다.

만일 어느 날
내일
아니 지금 당장,

내가 눈을 감는다면
그것은 썩은 물을 마시고
버려진 음식을 먹어서가 아님을
기억해 주기만을 바랍니다.

당신의 사랑에 굶주려
난 매일매일 죽어갑니다.

당신의 사랑에 굶주려
난 매일매일 죽어갑니다.

이제 겨울이 왔습니다.
마음속에 작은 눈꽃동산 하나를 준비해야 할 때입니다.

겨울을 준비해야 할 때

마음이 채 정해지기도 전에 첫눈이 왔습니다.
아직 굴뚝청소도 마치지 못했고
장작도 다 패 놓지 못했는데
겨울은 어느덧 성큼 곁으로 와 있었습니다.

겨울은 다른 어떤 계절보다 준비가 많이 필요합니다.
봄이 오는 것은 그저 즐기면 되고,
여름이 오는 것은 그저 견디면 되고,
가을이 오는 것은 그저 관조하면 됩니다.
그러나 준비 없는 겨울은 견디기 힘듭니다.

겨울은 다 제 올 제에 찾아 온 것인데
마치 도둑을 맞은 마냥,
전혀 예상치 못했다는 마냥,
마음이 편치 않습니다.

꿈결 같은 봄을 지냈고,
격정적인 여름을 지냈고,
서로 기대어 가을을 지냈습니다.
이제 겨울이 왔습니다.
마음속에 작은 눈꽃동산 하나를 준비해야 할 때입니다.

사랑이 피기도 전에 내 곁을 떠났습니다

이렇게 져 버릴 것을 알았다면
차라리 피지나 말지
내 마음 속 작은 꽃은
열매가 되기도 전에 떨구어졌습니다.

고왔던 자태 매혹하던 향기는
이제 기억 속에서도 스러져 갑니다.
난 내 기억의 천을 찢어
꽃이 있던 자리를 버혀 냅니다.

그래야 내가 살 수 있습니다.
견딜 수 있습니다.
매정타 마세요. 모질다 마세요.
꽃은 졌어도 나는 지지 않았어요.

이제는 꽃을 보지 못할 것 같습니다.
봄을 기다리지 않을 것 같습니다.
내 마음 속 봄은
그렇게 꽃과 함께 사그라드는 불꽃 같습니다.

-어느 랜선 집사의 절망 -

먼저 안녕이라고 말하지 않기

나는 떠날 때 안녕이라고 하지 않아요.
마치 아무 일도 없는 듯이
앞으로도 쭉 같이 있을 듯이
그렇게 갈 거예요.

나를 보는 동안은 안녕이라고 하지 않아요.
내 뒷모습을 보면 당신은 분명 울 거잖아요.
나를 태울 뱃시간에 쫓기면서도
아무 일도 없는 척을 하는 것은
당신을 많이 사랑하니까요.

내가 먼저 안녕이라고 말하지 않는 건
무엇보다도 우린 다시 만날 거니까요.

이 길 끝에는 고양이가 있다

아침에 눈을 떠 문을 열고 나가보니
온통 눈밭이 되어 있었다.
어렸을 때부터 아무도 밟지 않은 눈밭을 보면
'끙'소리를 내며 고민을 하게 된다.
'내가 이 눈을 밟아도 될까?'라는 오래된 고민에 젖어 망설이고 있을 즈음
내 눈을 잡아 끄는 작은 단서들을 발견했다.

눈밭 위에는 고양이 발자국이 이어져 있었다.
내가 이 순백을 밟은 첫 번째 사람이 아님에 대한 감사의 마음 반과
첫 번째 사람이 아님에 대한 질투의 마음 반으로
남겨진 단서를 따라 추리를 이어간다.

주린 배가 한 발자국
멈추지 않는 기침이 한 발자국
온통 얼음이라 며칠간 마시지 못한 갈증에 또 한 발자국
발자국 하나하나에는 고양이의 생명이 녹아 스며들어 있었다.
십 수 년을 탐정으로 살아 온 내 눈에
그것은 고양이들이 이 세상을 살았음을 보여주는 증거들이다.

증거들을 따라 걷다 보니
탐정으로서 익숙한 쭈뼛함이 찾아왔다.
이 길 끝에는 고양이가 놓여 있다.
그것은 확률이 아닌 필연이다.

덜컥 겁이 났다.
나는 사건을 따라가는 탐정으로 살았지
그것을 주도하는 탐험가로 살지 않았기 때문이다.
가슴이 조여 드는 느낌을 받았다.

그런데
이 발칙한 발자국들은 경쾌하다.
보폭의 리듬감을 쫓다보니 알게 된 것은
이 증거를 남긴 자는 춤을 추듯 걸어간 것이다.

마지막 한 발자국이 남았다.
이 길 끝에는 고양이가 있다.
그러나 그 마지막 증거마저 흥겨움에 넘친다.

그 길의 끝에서
능숙한 모든 탐정들이 그러하듯이
난 뒤를 돌아보았다.
지난 증거들을 재차 확인하기 위해서다.

그 곳에는
흥겨운 고양이의 발자취와
지친듯 발을 끌며 걸어온
나의 발자국이 한데 엉겨
함께 춤을 추고 있었다.

마지막 한 발자국이 남았다.
이 길 끝에는 고양이가 있다.

겨울은 얼굴에 먼저 온다

웅크려도, 서로 기대어도
마음속으로 찬바람이 새어 들어온다.
편의점 앞에서 만난 낯선 고양이 두 마리는
그렇게 겨울을 맞이하고 있었다.

인내는 겨울이 시작되기도 전에 얼굴에 먼저 찾아온다.
나이가 많은 한 녀석은 지난겨울의 고통을 기억해 내곤
이미 얼굴을 잔뜩 찌푸리고 있었다.

반면 이제 첫 겨울을 맞는 듯한 어린 녀석은
아무것도 모르는 걸음걸이를 하고 있다.
마치 신난 듯 가벼운 걸음걸이다.

아무리 칼바람을 정면으로 맞게 되더라도
몸 숨길 곳 하나 없더라도
주린 배를 채우려면
편의점 문 앞을 지키고 있어야만 한다.

고양이의 존엄은 예전에 내버리고
사람의 온정을 구걸할 수밖에 없다.

그래야
오늘 다할 운명,

내일까지는 연장할 수 있다.
나이 많은 고양이는 잔뜩 웅크린 채,
아무 말도 하지 않은 채,
얼굴과 몸짓으로
작은 고양이에게 삶을 가르치고 있다.

다음 겨울엔 작은 고양이가
더 작은 고양이에게 그것을 가르쳐야 하기 때문이다.

다음 겨울엔 작은 고양이가
더 작은 고양이에게 그것을 가르쳐야 하기 때문이다.

사랑에 죽다

나는 본시 길에서 사는 고양이였다.
한 번도 흡족한 적 없는 생활이었지만,
사랑받아 본 적도 없는 무명의 고양이였지만
한 번도 스스로를 연민한 적 없는 고양이였다.
그러다,

나는 어떤 소년의 고양이였다.
소년의 친구가 되는 것은 생각보다 고된 일로
돌팔매의 표적이 되거나 던져지는 야구공이 되거나
때로는 차이는 축구공이 되었고
어느 가을날 더 이상 뛰어놀 수 없는 다리가 되자
소년은 내게 흥미를 잃어 버렸고
그 자리가 나의 묘지가 되었다.

나는 어떤 소녀의 고양이였다.
소녀는 내게 예쁜 이름을 붙여주고
그 이름을 새긴 목걸이를 걸어주었다.
그리곤 만족한 듯 또 다른 장난감으로 관심을 옮겼다.
내 몸이 자라는 속도를 이기지 못한
내 이름에 졸려 나는 숨이 멎었다.

나는 어떤 시인의 고양이였다.
여느 때와 같이 창밖 영역을 시찰하던 나의 시선은
시인의 감수성을 자극하였다.
자유를 사랑한 시인은
자유를 준다며 날 밖으로 내보냈다.
나는 그 해 겨울을 넘기지 못하고 죽었다.
나는 어떤 사업가의 고양이였다.
그의 한없는 자비와 사회적 책임에 기대어
난 호화로운 곳에서 지냈다.
평생을 나에게 눈길 한 번 주지 않는 통에
난 외로움에 질식하여 죽었다.

나는 어떤 여인의 고양이였다.
난 더 바랄 것 없이 그 여인을 사랑하였지만
그 여인은 그렇지 않았다.
여인은 내게 더 어떻게 사랑을 줄 수 있을까 고민하였고
더 잘해주지 못하는 자신의 처지를 비관하며 울었다.
난 최선을 다해 눈물을 핥았지만
결국 그 눈물에 익사하고 말았다.

나는 어떤 의사의 고양이였다.
두 다리가 부러지고,
한 눈은 은하수가 되었지만
하루하루가 새롭고 두근거리는 날들이었다.
그러나 그 의사는
나의 인생을 판단하여
죽음이라는 자비를 나에게 베풀었다.

나는 어떤 바구니의 고양이였다.
눈도 보이지 않고, 사냥도 못하는 고양이였다.
젖을 찾아 허우적대다 덥석 물게 된 것은
또 다른 형제의 배고픈 울음뿐이었다.
그렇게 하나하나 차가워지는 형제들 사이에서
나 역시 차가운 얼음이 되었다.

나는 어떤 노신사의 고양이였다.
사람 좋은 웃음으로
고양이들을 거두어 돕던 노인은
다른 사람들로부터 성의로운 칭찬을 받고나면
나를 돌아보지도 않았다.
그렇게 나는 무관심 속에서 굶어 죽었다.

나는 본시 들에서 살던 고양이였다.
사랑의 향기에 이끌려 사람의 세계로 들어간 고양이였다.
그러나 사랑은 독이었다.
그것에 중독되어 나는 죽었다.
이에 내 마지막을 사랑 없이 살련다.
나는 다시 이름 없는 고양이가 되었다.

Tik Tok

틱톡, 틱톡
10이라는 숫자를 보면서
이곳에 들어왔어요.

틱톡, 틱톡
9라는 숫자가 보일 때는
너무 무서워서 숨고 싶었어요.
물론 숨을 곳도 없었지만요.

틱톡, 틱톡
8이라는 숫자가 보일 때
너무 배가 고파서 처음 밥을 먹었어요.
물도 조금 마셨고요.

틱톡, 틱톡
7이라는 숫자를 보았을 때
처음 오줌과 똥을 누었어요.
냄새가 나지만 피할 곳도 덮을 것도 없어요.

틱톡, 틱톡
6이라는 숫자는 귀여워요.
마징가 귀를 한 고양이 옆모습 같아요.

틱톡, 틱톡
5라는 숫자를 봤을 때
처음 이곳 사람들과 친해지려고 해 보았어요.
아직 무섭지만요.

틱톡, 틱톡
4라는 숫자는 싫어요.
기침이 시작됐는데 멈추질 않아요.
그리고 너무 추워요.

틱톡, 틱톡
3이라는 숫자가 되었을 때
이곳 사람들이 처음으로 날 쓰다듬어 주었어요.
여기도 나쁜 거 같지는 않아요.

틱톡, 틱톡
2라는 숫자는 왠지 변덕스러워요.
이제 아무도 나에게 관심을 주지 않아요.
밥도, 물도 주지 않아요.

틱톡, 틱톡
1이라는 숫자는 다시 무서워요.
배고프고 목말라요.
저 주사기에 들은 물이라도 마시고 싶어요.

틱톡, 틱톡
틱톡, 틱톡
틱톡, 틱톡

틱톡, 틱톡
10이라는 숫자를 보면서
이곳에 들어왔어요.

그림자놀이

넌 누구니?
고양이가 물었다.
난 그림자야.
그림자가 대답했다.

낮에는 널 본 적이 없는 걸?
고양이가 물었다.
북풍이 점점 해를 밀어내면
나는 점점 자라나
그리고 지금은 이렇게
너와 대화를 할 수 있을 정도지
그림자가 대답했다.

그럼 해가 완전히 사라지면 어떻게 되는 거야?
고양이가 물었다.
그 때가 오면 네가 내 그림자가 되는 거야
그림자가 대답했다.

쓰다듬 쓰다듬

쓰다듬 쓰다듬
창밖에 내리는 눈처럼
하얀 털 위를
쓰다듬 쓰다듬

편안히 잠 들으렴.
고대의 알 수 없는 언어처럼
자장자장

눈물이 비칠 새라
하품도 참으며
쓰다듬 쓰다듬

무지갯빛 영롱한
오로라 마차타고
꿈나라로 꿈나라로

꿈나라 별나라
즐거운 여행 되라고
쓰다듬 쓰다듬

동이 틀 내일까지만
아름다운 이별
쓰다듬 쓰다듬

꿈나라 별나라
즐거운 여행 되라고
쓰다듬 쓰다듬

스노트의 여행

찌푸린 안개 사이로
환한 달빛이 흘러들었다.
눈을 들어 창밖을 보니
오작교 만들어지는
약속의 날이다.

기지개를 한껏 펴자
웅크려진 등이 곧게 펴지고
가빴던 숨이 편안해 왔다.
바닥을 쿵쿵 디뎌보니
다리도 튼튼하다.

윤슬에 배 띄우고
나를 옭아매었던
모든 닻을 걷어 올리고
뱃머리에 당당히 서
무지갯빛 찬란한
저 별로, 저 별로

주린 배를 채웠소.
타는 갈증을 잠재웠소.
정까지 나누었으니
내 무엇을 더 바라리오.

울지마오 슬퍼마오.
내 다시 돌아오리다.
잊지 않소. 잊지마오.
내 다시 돌아오리라.

마도로스의 노랫소리는
항구에 울려 퍼지고

언제나 용감했던
뱃사람 스노트는
하늘물결을 헤치며
갈매기들을 재촉한다.

주린 배를 채웠소.
타는 갈증을 잠재웠소.
정까지 나누었으니
내 무엇을 더 바라리오.

고양이별 우체부

차랑 차랑 벨을 울리며
낡은 자전거 한 대가
무지개다리를 올라간다.
중간 턱만 넘으면 내리막인데
뚱뚱한 집배원은 정상까지 반도 못 가서
자전거에서 내리었다.
이마에 흐르는 땀을 닦고 있노라니
편지소식이 궁금한 고양이들이
벌써 자전거 주위를 감쌌다.
어차피 밀어주지도 않을 거면서
냐옹냐옹 재촉하는 소리에
집배원은 마음이 분주해졌다.
얼굴이 벌게지고 땀이 흥건해질 무렵
이제는 내리막, 바람이 땀을 식혀 주리라.
고양이들과 낡은 자전거가
바람 등을 타고 달린다.
고양이들은 편지 따위는 잊어버리고
우다다 우다다
달리기시합을 시작해 버렸다.
고양이별에 도착한 집배원에겐
끝단이 해어져 버린 낡은 낭에서
한 통 한 통
사연을 담은 고운 손편지 들리 운다.
네, 맞으시죠?
틀릴 리가 있나.

고양이들은 글자보다도
편지에서 풍기는 그리운 내음을
진즉에 알아챘기 때문이다.
편지를 받은 고양이들은
서로 자랑하기 정신이 없고
뚱뚱한 집배원에게는
등 뒤로 들리는 그 자랑소리가
어떠한 음악소리보다 흥겹다.

자랑하느라 쩌렁쩌렁 편지를 읽는 녀석들
편지에는 눈물이 가득한데
고양이들 얼굴에는 웃음이 가득하다.

자랑하느라 쩌렁쩌렁 편지를 읽는 녀석들
편지에는 눈물이 가득한데
고양이들 얼굴에는 웃음이 가득하다.

9 Lives

엄마 난 그곳에 없습니다.

날 따뜻하게 눕혀둔 동산에도
내가 자주 눕던 방석 위에도
볕을 쬐며 항상 누워있던 창문 아래에도
내 삶의 가루가 담긴 단지 안에도,

나를 잃고 엄마 혼자 남겨진 곳에 난 없습니다.

엄마,
난 엄마가 눈물 흘리는 그 어느 곳에도 없습니다.

그 어느 봄날 처음 날 안아주고 웃음 짓던
엄마의 미소 속에
유리잔을 깨고 놀라있던 날 혼내기는커녕
다치지 않았을까 안아주며
놀라하던 표정 속에
아픈 나를 간호하며 밤새 한숨 짓던
근심어린 표정 속에

엄마와 내가 함께한 곳에 난 있습니다.

엄마,
난 엄마가 기억하는 그 어느 곳에 있습니다.

그리고 엄마,
엄마를 떠올릴 때마다 내가 그러하듯
난 엄마의 미소 속에 영원히 머물고 싶습니다.

별 바라기

하늘 위를 둥둥 떠다니는 꽃구름 배를
닻별로 잠시 정박해 두고
별놀이를 다녀본다.

바로 옆 가장 빛나는 별은
내 가장 사랑하던 첫사랑의 별이요.
그 옆 가장 작은 별은
내 가장 어여삐 여기던 별이다.

흐릿흐릿 가물가물한 별은
내 가장 가슴 아려한 별이고,
배 옆을 슝하고 지나는 달림 별은
내 짧았던 인연의 별이라.

별들에 둘러싸여
내 마음이 흡족할 때까지
하나씩 어루만져도 보고
이름도 불러보고
아, 이렇게나 아름답구나.

꽃구름 배는
동살이 트면 파할 것이니
딱 그 전까지만
원 없이 별 바라기를 한다.
고양이 별 바라기를 한다.

겨울비 내리는 날

겨울답지 않게 비가 내린다.
이 비가 지나면 더 겨울이 되려나.

술비가 내리는 날엔
청주 두 잔 데워 놓고
모락모락 올라오는 김에
내 기도를 띄워 놓고
홋홋 불어가며 뜨끈한 기운이
내 전신을 덥혀 오고

평상시 같으면 술기운에
어지럽혀질 정신이
이런 날이면 술기운에
맑은 도화지가 펼쳐진다.

하얀 도화지에 먹을 내어
고양이 한 마리 그려놓고
그 옆에 작은 술상 하나 차려두어
고양이 한 잔, 나 한 잔
언제나 그렇듯이
고양이가 나보다 술이 세다.

겨울비는 아직도 창밖을 때리고 있다.
창밖에서 볼작시면
흠뻑 젖은 내 얼굴이
꼭 새앙쥐를 닮았을 것이다.

이제는 파할 시간이라
비 덕분에 잘 놀았다.
호기롭게 외쳐본다.

다시,봄

AND AGAIN

봄이되 봄이 아니다(春來不似春)

개나리 피고 싹이 틔우면
봄이라 생각했습니다.
두터운 겉옷을 벗고
얇은 속곳을 떠올리면
봄이라 말해 왔습니다.

그러나 내가 지내 온
수 십 번의 봄은
봄이되 봄이 아니었습니다.

추위가 두려워
남방의 햇살에서만 지내온 나에게
봄은 동굴에 새겨진 벽화만큼이나
어른거리는 꿈과 같은 것이었습니다.

봄은 그저 수천 세대가 부르던 이름이었을 뿐
나는 봄의 정령을 제대로
보지 못해 왔습니다.

겨울의 혹독한 추위를 겪어야
따스함을 봄이라고 부를 수 있음을
여태껏 모르고 살아 왔습니다.

처음으로
칼바람에 갈라지고 터져버린
손마디 사이로
따스한 싹이 움틉니다.

내 혈관에 뿌리 내린
새싹이 아프도록
소중하고 아름답습니다.

나에게도
내 심장에도
드디어
봄이 찾아옵니다.

아궁이에 불이 꺼지면 다시 봄이 온다

아침새 지저귀는 소리는
꽃망울을 채근하는 소리다.
아침이 밝았다고
어서어서 피어나라고
겨우내 힘들었던 식물들은
온통 노랗고 붉은 불만을
툭툭 터뜨린다.

작년 여름 부엌 아궁이 간에
삼형제 중 막내로 태어난 막둥이는
겨울을 지나면서 외둥이가 되었고,
봄의 불만소리에 맞추어
다섯 마리 새끼의 어미고양이가 되었다.

겨우내 온기를 나눠주던 아궁이는 불이 꺼져
이제는 오형제의 요람으로 쓰인다.
잿더미를 이불삼아 뛰어 노는 통에
본시 노란둥이로 태어난 새끼들이
온통 깜장둥이들이 되어 뛰어다닌다.

외둥이의 얼굴에는
따스한 잠기운이 내려앉았고,
한숨을 한 번 푹 쉬었다
다행이다 다행이다.
다시 봄이 와서 다행이다.

사랑은 너와 나 사이에 있음을 알았습니다

천년만년 어둠 속 고목일 줄 알았던 나무에
당연한 듯 햇살이 드리웠습니다.
마른 가지 앙상하던 나의 나무에
오늘 작은 싹이 하나 틔웠습니다.

나는 다시 일 년을 기다려야 합니다.
싹이 자라나고 무르익고
기다림의 눈물이 터져 작은 꽃으로 환생하기를
다시 일 년을 기다려야 합니다.

기다림이 열매로 맺을 줄은 지금도 모릅니다.
또 다시 꽃이 지고 그대로 겨울이 될 줄도 모릅니다.
그러나 이제는 기다림 또한 사랑임을 압니다.
또 앞으로 무엇이 올 줄을 압니다.

지금까지의 나는 나무를 사랑하는 내 마음에 물을 주었음을
내 기대와 다른 나무를 보고 괴로워하는 내 마음에 떨었음을
겨울이 지나고서 한참에서야 깨닫게 되었습니다.

나무는
내가 없이도 피고지고 자라고 죽습니다.
흡족하면 열매 맺고 무거우면 열매를 내려놓습니다.

이제는
그 과정에 함께 할 수 있음에 기뻐하고
싹을 보호하고 꽃을 사랑하며
열매에 감사하고 마른가지를 감싸려 합니다.

- 어느 랜선 집사의 기다림 -

오늘 나는 아기고양이를 만나러 갈 것이다.
처음 본 아기고양이는 미래의 내 고양이였다.

시간여행자의 고양이

시간을 거슬러 거슬러 태곳적 미래를 다녀갔다.
먼 미래에 나는 한 고양이와 함께였고
그의 죽음에 너무나도 가슴 아파하고 있었다.

오늘 나는 아기고양이를 만나러 갈 것이다.
처음 본 아기고양이는 미래의 내 고양이였다.
아기고양이를 본 순간 눈물이 흐를 것이다.
다른 이들은 기쁨의 눈물인 줄 알테지만
그것은 고통의 눈물이었다.

모든 것을 알고도 이 아기고양이를 데려 갈 것인가?
그것은 과거에도 그럴 것이고 미래에도 그랬다.
시간을 여행해 버린 나는
영원히 시간 여행 전으로 돌아가지 못한다.

환희를 보며 고통을 느낄 것이고
만남을 보면서 이별을 알 것이다.

그러나 그 모든 것을 알고도
아기고양이의 눈을 보면
청년고양이와 나눈 추억을 느끼면
노년고양이와 서로 의지해 보면
영원히 같은 선택을 기꺼이 할 것임을
시간여행자로서 확신한다.

온기가 봄을 꽃 피운다

모진 겨울 난롯불 보다 뜨거웠던 건
함께 부둥켜안던 체온이다.
눈을 치우고 꽁꽁 얼은 몸을 뒤뚱여
집으로 들어오면
먼저 아이들을 끌어안는다.
꺄꺄 소리를 지르면서도
고맙게도 나에게 온기를 나눠준다.

얼었던 몸이 녹으면 오히려 후끈 열이 나면서
볼엔 어머니가 춘병이라고 부르던
봄의 꽃이 피어났다.

174

둘째들이기

행복이 두 배가 될 줄 알았는데
말썽이 두 배가 되었다.
첫째는 폐위된 왕세자가 되었고
둘째는 부도덕한 점령군이 되었다.
내 가슴은 둘 다를 품을 수 있을 줄 알았는데
사랑을 저울질하고
한 아이를 마음에서 밀어내고 있었다.
그래서 내가 나쁜 사람인 줄 알았는데
남들도 다 그러더라.
천 년 전에도 다 그랬더라.
첫째와 둘째는 결국 뒤엉켜 잠을 자는데
나는 결코 자라나지 않았더라.

행복이 두 배가 될 줄 알았는데
말썽이 두 배가 되었다.

아기라는 생명체는
누구든지 사랑스러워요.

다시 아기고양이

아기라는 글자가 들어간 생물은
무엇이든 말썽쟁이에요.

뭐든지 당겨보고
뭐든지 쥐어보고
뭐든지 물어봐요.

한숨이 나오지요.
짜증도 나지요.
가끔 버럭 화도 냈어요.

아기라는 생명체는
누구든지 사랑스러워요.

사고 쳐도 건강하기만 하면 좋겠고
약해도 내 곁에만 있으면 만족하고
잘못해도 내가 그 허물을 다 대신하고 싶어요.

후회가 왜 없겠어요.
그러나 확신이 더 크지요
왜 힘들지 않겠어요.
그래도 애들 덕분에 살 힘을 내지요.

나에게 고양이란

처음에는 동경이었고
어려서는 거절이었으며
젊어서는 망각이었다.

오랜만의 호기심이었고
가슴 벅찬 보람이었으며
사람에 대한 증오였다.

철없을 땐 취향이었고
한동안은 고통이었으며
절망적인 외면이었다.

그러나 돌이켜 보니
지금은 모두 다 달랐다.

주어진 대로 살던 내가
처음으로 선택한 삶이었고,

철이 없던 내가
생명의 무게를 감당해 온 길이었으며,

힘자랑하던 내가
그 힘은 약한 자를 보호하기 위함을 깨달았으며,

고통을 통해 사실
나는 한없이 약한 사람이란 걸 알게 하였다.

그리고 무엇보다
천 가지 고통과 만 가지 감정을 느끼며 살아온 날들은,

사랑이 가득한 시간이었고
가족이 함께 한 시간이었다.

내가 사랑한 것이
진정 나를 살게 한 것이었다.

가족사진

놀고 싶은 거, 하고 싶은 거
각자의 일들은 잠시 제쳐두고
가족이 한 자리에 모였다.

좀 더 가까이 모이시고요.
한 자리에 모으기는 하였으나
가족사진을 찍으려면 고생길은 이제부터다.

자자, 모두 여기 보시고요.
이렇게 말한 사진사는 시선을
하나로 모으는 데에만 상당히 걸렸다.

그렇게 사진사의 진땀과
가족의 지루함이 만나
딱 어색하고 좋은 가족사진이 완성되었다.

가족사진은
가족임을 증명하는 사진이기도 하지만
가족을 만들어 나가기 위한 사진이기도 하다.

별비가 내린다

오늘은 축제의 날
꽃등에 올라 미끄럼을 타는 날이다.

각자 꼬까옷을 챙겨 입은 고양이들은
서로 맵시를 뽐내기 여념이 없다.
노랭이 녀석은 세련된 턱시도를 입었고
검둥이 녀석은 금색 곤룡포를 입었다.

모두들 한껏 멋을 내고
자신이 탈 꽃등을 손에 들고
커다란 장작이 타고 있는
별의 중심으로 모여든다.

이미 마당은 춤판이 벌어졌다.
흥이 만족할 때까지 춤을 추고
혼이 만족할 때까지 노래를 부르고
지칠세라 치면 다시 놀음판이 벌어진다.

밤이 깊어
불의 춤이 절정에 이르면
하나 둘 꽃등에 불을 붙이고 올라탄다.
날아라 날아라.
축제의 불기둥은
꽃등을 하늘 위로 밀어 올린다.

꽃등이 천천히 천천히
힘겹게 무지개를 오르는 것 같더니
하늘 꼭대기까지 올라간 꽃등이
쏜살같이 떨어지기 시작한다.

야호!
신나는 소리를 지르며
더러는 꺄하고 눈을 가리며
아이다운 깔깔거리는 소리가
밤하늘을 채운다.

가자! 친구들
이제는 그리운 이에게
한바탕 신나게 놀았으니
신명을 나누러 그리운 이에게,

유성우가 내린다.
내 지구에 별비가 내린다.

유성우가 내린다.
내 지구에 별비가 내린다.

봄, 여름, 가을, 겨울 그리고 다시 봄

봄
나지막한 뒷동산에 올라
산이 내려주는 인연들
꿩다리, 나비나물, 기린초
바구니 그득 담아 무쳐먹고

여름
더위에 지쳤음에도
놀지 못해 안달이 난 사람마냥
굳이 사람 많고 더 더운 바닷가를 찾아
온갖 바보짓 어린 냥 한 번 해보고

가을
벼를 베고 베다 굽은 등 한 번 활짝 펴서
들어주는 이 없어도 어이구 허리야 외쳐주고
뒤로 쌓여가는 볏단을 보고
굳어가는 몸 대신 위안 삼고

겨울
난로 위에 청주 한 주전자 올려놓고
추위를 핑계 삼아 외로움을 안주 삼아
한 잔 두 잔 마셔감에
평생에나 꾸벅꾸벅

다시, 봄

어린 형제 마당 뜰에
꽃이 고와 볕이 좋아
세상모르고 뛰어 놀고
엄마의 지키는 눈길로
아빠의 다독이는 미소로
내일은 또 자란다.